KB202165

현대시세계 시인선 179

웅덩이 안의 월인청강지곡

김영화
시집

웅덩이 안의 월인청강지곡

도서
출판 북인

낯선 시간을 걸어왔다

서호천 둑방을 걸으며

그 길 끝에서
오래 전의 나를 만났다

2025년 5월
김영화

차례

1부

저울의 눈금

가슴 속
이상한 저울이 하나 있다

부자보다 가난을
잔머리 굴리기보다 우직함에
무게가 올라가는

강자보다 약자를
비운 마음을 무겁게 재는
저울이 있다

계단참

화성 성곽 계단 아래에 서서
성곽 너머 하늘을 올려본다

머물지 않는 구름처럼
위를 향한 여지勵志로
계단을 오르기 시작했다

일정한 보폭으로 한 칸씩 오르다
숨이 찰 정도쯤
널찍한 휴식 공간이 있는데
잠시 쉬는 걸 무시하고
분간 없이 오르기만 했다

거의 다 올라가서
헛디뎌 발목이 부러졌다
여름내 깁스한 채
병원 오가는 게 불편했다

턱에 찬 숨쉬기로 오르면
고단함의 층계에는 끝이 있다고

헐떡거리며 살아온 나날

바람도 오르다 층계참에 머물러
잠시 쉬어가듯
그렇게 살아가야 하는가 보다

탱자나무의 그날

탱자나무 울타리 아래
꼭 붙은 그림자
늙지도 않네

탱자나무는 사라졌어도
탱자나무 그림자는
사라지지 않네

판게아Pangaea

하나의 대류 덩어리
현존하는 6개 조각으로 찢어져
펄펄 끓는 액체층 위
둥둥 떠다니는
100㎞ 두께 암석권
화산 분화와 지진이 반복되는 이웃 나라
증거를 찾는 데 일생을 바쳤던
그린란드 탐사길에서 얼어죽고만
독일 기상학자 베게너의 노력

내 속에도 판게아 대륙이 있다
그 중 양심적 판과 비양심적 판
두 마음의 판이 늘 투쟁하며 갈등하고
심하게 부딪히고 폭발하여
수없이 갈라진 판이 마음속에 떠돌고 있다

아버지의 방

쓰러져 오래도록 지냈던 그의 빈방 침대 끝에 걸터앉자
절름발이 언어를 두고 갔는지
고개를 내저으며 했던 같은 말
"거~ 너너 참. 거~ 너너 참"
쉬지 않고 절뚝절뚝 들려온다

무언가 가지러 잠시 들어간 방
누워 있던 그의 시선과 마주치면 기다리기라도 한 듯
고갯짓 반복하며 눈의 길을 만드는 그
눈길 따라 가닿은 곳에는 리모컨, 커피, 사탕이 있었다
'이거요? 이거? 그럼 이거요?'
순서대로 짚으며 들어보이면
포기한 듯 한숨을 내쉬며 힘없이 고개를 떨구었고
무심하게 마지막 짚었던 사탕을 건네주고 방을 나오곤 했는데

추운 겨울이 지나고부터
방에 들르는 발길마다 붙잡았던 젖은 눈길은
떠남에 대한 안타까움이었던 것을
진작,
수평선 가까이 이르렀다고 힌트라도 줬다면

그가 좋아하는 간장게장 담아 들고 자주 찾아가서
게 등딱지에 속 노란 알 긁어모아
고소하고 부드러운 하루 그의 밥숟가락에 얹으며
한때 당신의 헛기침에 지나가던 동네 청년이 슬슬 기어
마을 어귀로 돌아갔다는 담소 나누며
다정하게 손 한 번 더 잡았더라면
지금도 함께 지내고 있을지도

이제는 거기서
"거 너너 참. 거 너너 참"이 아닌
25년 동안 못다한 말 다 하는 거죠?

포말

파도가 토해내는 울음은
해변으로 몰려와 꽃이 된다

네 발 앞에 엎드리면
수천만 개의 꽃이 되어
어깨를 들썩이고 흐느끼며
흰 꽃으로 핀다

바람 부는 가을에는
나도 파도가 된다

네 앞에 다가가
꽃을 피워내기 위해
몸과 마음 갈기갈기 치솟으며
빨갛게 안무한다

변신

베란다 스티로폼 박스에 심은 고추 모종이 하얗게 꽃 피우
자 고춧대와 고춧잎 꽃잎 속까지 좁쌀만한 진딧물이 다닥
다닥 붙었다 손으로 문지르자 우수수 맥없이 목숨을 툭툭
수분으로 내어놓는다 수분이 된 진딧물은 흰 고추 모종에
정맥주사로 흘러들어 꽃으로 피어났다 하루에 진딧물 900
마리 이상 잡아먹는다는 천적 거미나 무당벌레를 입양해야
지 마음먹은 그때 수많은 꽃잎은 바작바작 날개를 펼치고
날아올라 무리를 이루어 윤무輪舞를 이어간다 내 손에 죽은
자들의 장례 예식을 공중에 펼쳐놓고 곡성에 맞춰 강강술
래 춤을 추고 있다

고야의 유령*

'이성이 잠들면 괴물이 깨어난다'

궁정화가 프란시스코 고야
화려함만이 전부가 아닌
종교재판으로 희생된 기행적 소용돌이 속
영혼까지 말려든 수많은 사람

일어서고 누울 때마다 다른 모양의 파도처럼
고통과 역경의 물결도 같은 건 없다
바람의 마술에 던져져
끝도 모른 채 흔들리는 시간 위에서도
끊임없이 바른길을 향해 걸어가던 그

진실의 특별한 향이 익어지듯
사실을 똑바로 보기 원하며 당나귀와 마녀로 대신하여
악마의 속성을 날카롭게 낚는 그의 절절한 눈길이
굳어지는 형태의 권력 만연의 광기에 대항하며
아직도 벽에 갇혀서

프라도미술관을 찾아든 모든 이에게

소리 없는 함성 조아렸다 펴며
이성이 잠들지 못하고 심안 더듬는 것은
괴물이 되지 않으려고
눈 맞추며 호소하고 있는 것일지도

*영화 〈고야의 유령〉.

홍은동의 겨울

빙판길을 조심스레 걷다가
벌렁 미끄러져 잠시 정신을 잃었다

가만히 눈을 떠보니
홍은동 언덕배기
아버지가 보고 싶어 울다가 잠든
어린 시절의 산동네에 와 있었다

앙상한 뼈가 배겨도
뒤척임마저 참으며
누워만 있던 아버지

어두운 방에 고여 있던 어둠
서늘한 바람이 묻어온 아버지의 굳은 옷자락

춥기만 했던
내 어린 시절 홍은동의 겨울

헤어질 결심

영하 10도 아침
눈발 날리는 낙산 해변
텅 빈 모래사장에 서 있다

멀리서 벽을 세우고
달려오는 파도가
내 가슴으로 밀고 들어왔다

놓은 줄만 알았던 거머리 같은 그리움
치석 긁어내듯 구석구석 끌어내어
무거운 옷까지 벗어 쓸어안은 채
바다로 돌아갔다

물 위에서 사정없이 퍼덕이며
몸부림치던 허상이
서걱서걱 굳어지며 멀어져간다

거미의 빈집

숲길 오르다 이마에 스친 거미줄
구멍난 가장자리가 휑하다

유충 한 마리 젖은 날개 파닥이다 날아오르자
남은 이슬 몇 방울도 흩어지고
햇살만 들락거리는 어디에도 거미는 보이지 않았다
집을 짓던 아버지처럼

등이 휘도록 벽돌 찍어 한 귀퉁이 쌓아두고
하숙 치려던 꿈 접어둔 채 병원으로 간 아버지
동네 개구쟁이들 해 지는 줄도 모르고
소리치고 뛰어노는 공터가 된 집터
벽돌 덮은 비닐장판 해지고 낡아도
돌아오지 않는 아버지

짓다 만 거미집이 텅 비었다
이미 거미줄 아닌 날개들의 혼魂줄로
나르는 것을 구속했던 거미
작은 자유까지 완벽하게 가두기 위해
빛줄기 꺾다가

자신을 가둔 혼魂줄 타고 갔는지도

숯막 열기처럼 뜨거워지는 공기
뒷걸음으로 천천히 끊으며
숲길 오르는 시선은
횅한 거미집에 머물고

단풍나무 빈혈

상가 건물들 외벽으로 둘러싸인
그늘진 네모 화단에 단풍나무 한 그루
제 키 높이의 열 배 이상 높은 건물들에 갇혀
가늘게 휘어진 몸과 노란 얼굴로
힘을 다하여 위를 향한다

건물 층층이 뿜어내는
에어컨 실외기의 텁텁하고 습한 바람에
잎 따귀 서로 때리고 맞으며
숨 쉴 수조차 없이 지친 마음
풋내 신열로 몸살 앓는다

건물 사이 사선으로 끼어든
노을빛 한 장 단풍잎에 내려앉고
춤추는 별무리 그림자 화단에 쏟아내자
회오리치듯 너울대는 제 몸짓
멈추지 못하고

낡은 바람 캄캄하게 턱에 감겨도
실낱같은 햇볕 맞으러 건물 키 견주며

힘껏 위로 향하는 단풍나무
엉성한 잎마저 누런 얼굴로
그늘에 갇혀 힘겨워한다

개미귀신

볕 좋은 여름 오후
신두리 해안사구 모래 주변
여기저기 깔때기 집을 지어두고
몸을 숨긴 채
촉을 세워 개미를 기다린다

마구 기어다니던 개미 한 마리
깔때기 집에 걸려들었다
육 족으로 발버둥치면 칠수록
죽음의 신에게 걸려든 것처럼
모래 속으로 휘말려들어
몇 초간의 숨 막히는 치열함 끝에
어느새 깔때기 집은 고요해졌다

피 묻은 입가를 싹 닦은 개미귀신
무덤 같은 깔때기 집에서
숨죽여 도사리고 있다
보이지 않는 시간도
수많은 물증을 토해내는데
사투를 벌이던 흔적마저 지워버리고

또다시 먹이를 기다리는 개미귀신

내가 모래 해안을 벗어나려 할 때
그때였다
내 몸이 기울어지고 푹푹 발이 빠져들어갔다
누가 바닥에서 나를 끌어당기고 있었다

작은 작은할머니

물보다 먼저 다가오는 파도 소리
흰 눈 켜켜이 내리는 갯벌
몽깃돌에 매단 낡은 배처럼
한평생 바다에 갇혀서
외롭게 살던 작은 작은할머니

"씨도둑은 못한다더니 지 새끼보다 더 쏙 빼닮었짜녀"

동네 사람 수군대는 눈길에 슬그머니 자리 뜨고
아들을 아들이라고 부르지 못한 설움 복받칠 때마다
밤바다를 서성이고

평생 무릎걸음 옮겨 앉으며 갯것에 눈 밝혔던
조새처럼 굽어버린 마음
파도 달램에도 설움이 닳아지지 않아
비밀에 부쳤던 그 바다
몽깃돌에 엮인 생의 매듭 끈 풀고
거부 없이 물렁하게 바다로 누운
작은 작은할머니

모래틈 새어드는 애달픈 눈물 되어

서자逝者라 부르는 자식 숨기고 살던 한恨

파도로 쉬지 않고 울부짖는다

2부

지심도

경남 거제시 일운면
마음이 각박하여 찾은 섬

언덕으로 난 숲길 오르는데
동백, 곰솔, 후박나무 잎이
이마 맞대어 그늘지어 주고
지빠귀 무리가 풀숲에서 날아오르듯
댓잎이 바람을 가르는 요란한 소리
파도가 지저귀고
무위자연 품에 들어 한 바퀴 도는데
일찍이 없었던 세계에 든 듯
어느새 발걸음이 가볍다

마음 달래주는 여신
지심도只心島에 있다

목욕탕

뿌연 수증기 낀
내 거울에 비친 뒷자리 할머니

굽은 등 동그랗게 말고 앉아서
한 손에 때밀이 타월을 끼고 팔을 뒤로
등의 때를 밀려고 안간힘을 쓰지만
같은 곳만 닦아서 피부가 발갛게 부풀어 올라 있다

다가가 등을 밀어주는 내게
"때가 많이 나올 텐데 창피해서요"

쭈글쭈글한 할머니 등의 때를 밀다가 본
굽은 등 바로 아래
살 속에 깊이 파인 크고 작은 웅덩이들

각각의 웅덩이 안에는
그녀가 살아온 한숨과 눈물과 통증이 고여 있었다

또 한 번의 몸짓

노을빛 사라지고 떨어진 벚꽃잎
바닥에 쓸리며 서로 엉키었다가
하얗게 날아올랐다

몸과 마음을 다해
또 한 번 바람에 피워내는 것은

오센티미터 초속으로 떨어지는 꽃잎이
머물렀던 자리 다져놓는다고
천공에 외치는 몸부림일지도

모래 속에는 내가 살고 있었다

시드니 포트스테판

불사막처럼 달궈진 모래밭에 발이 닿자

누군지 모를 찍혀 있는 발자국 위를

경중경중 걷는다

먼저 디딘 흔적 위에 발바닥을 포개어

뜨거움을 피하려고 안간힘 쓰며

모래 위에서 비트춤을 추는 자신의 그림자가

잠시도 쉬지 않는다

보드를 옆구리에 차고 모래 둔덕을 가까스로 올라가

먼저 지나간 보드 흔적 위로 미끄러져 내린다

휘몰아치는 엷은 갈색 바람에 수없이 눈을 껌벅이며

아무도 지나가지 않은 모래 위를 걸어오르다가

선명하지 않은 모래 능선 경계를 넘어서

모래무덤 반대쪽으로 굴러떨어지고 말았다

아득하게 펼쳐진 시드니의 파란 하늘이 아닌

신두리 해안 사구에 순비기꽃이 환하게 웃는

심장에 야호 소리를 그어대는 얼굴들이 스친다

그들을 의지로 삼아 간신히 버티는 자신

누군가 터놓은 길이어야 발을 들여놓으며

의지하지 않으면 길을 나서지 못하는

고리처럼 물고 물리어 살고 있었으면서
늘 혼자라고 여겼던 자신은
한순간도 혼자가 아니었다는 것을
깨닫는다

다이알 비누

달동네 집마다 창가에 걸린 뽀얀 빨래에서
다이알 비누 냄새가 펄럭인다

방과 후 지나던 홍은동 네거리
대로변에 즐비한 홍등
수족관 이태리 갯장어가 서로 엉키어
나실대며 꼬리를 맞추고
분내 섞인 질탕한 콧소리

기름진 냄새 업고 엎치락뒤치락
불 꺼진 언덕길 가로질러
텅 빈 집까지 어둠이 따라오고
벽에 걸린 레이스 란제리
분내 묻은 콧소리 웃음
방 가득 엉킨 느끼한 냄새
속이 니글거려서 수 없이 씻었는데

다음 날 아침
아무도 없는 방 윗목에 놓인
둥근 양은 밥상 상보 걷으면

밥상 한쪽 귀퉁이
시크름한 언니 얼굴처럼
꼬깃꼬깃 지폐 몇 장 놓여
등록금이 되었고
신학기 새 책이 되었다

어둠이라는 환한 빛

빈 항아리 속에
어둠이 고요히 잠들어 있다

바람이 무수히 할퀴어도
오래된 녹슨 변압기에서 번쩍이듯 힐끗거릴 뿐

꽃을 새를 산란을 출산을 몇 억 년 전 바람을 품고
태초의 어둠이었을 밴타블랙으로 꼼짝 않는다

온기 어린 한 줄기 입김을 불어넣자
어둠은 어둠 속의 빛을 더듬는다

항아리를 통째 뒤흔들면
허블 상수의 갈등을 품은 듯 소리 없이 움직였고

돌을 던져 어둠을 쪼개면
검은 빛이 튕겨나온다

반얀트리

와이키키 해변에서
키가 큰 추장이 수평선을 노려보고 있다

긴 창으로 바다를 찌르고
파랗게 열려 있는 수평선 그 너머 세계와
소통이라도 하는지
대기 속 영역을 포진해가는 매서운 눈길

나무 아닌 추장으로 지키고 서 있는
하와이 최초의 거주자인지도

동피랑 마을

통영 동쪽 해안가 언덕
다닥다닥 붙은 낡은 집
살다가 떠난 빈집이 여기저기
천장과 방문이 없는 방에는 식구들 대신
금이 간 구들장 틈새까지 솟아난 가늘기만한 풀포기
강구안 바닷바람 철썩이며 넘나드는 방의 낡은 벽지에
'인내는 쓰다 그러나 그 열매는 달다'
끊어질 듯 이어진 흐릿한 필체 따라
재잘대는 아이들 소리 들려오고
복닥거리며 살았던 홍은동 산동네 단칸방은
동피랑에도 있다
책상 위 바람벽에 붙은 익숙한 문자
더 깊이 뿌리내리게 하려는 폭풍처럼
무섭기만 했던 아버지
파도 위 출렁대는 꿈
단 한 번도 꾸어본 적 없이
엎어진 노을만 바라보며
소처럼 직수긋이 일만 했던
한숨 섞인 무거운 기침 소리에
책상 앞에서 졸다가 정신이 번쩍 들어

자세를 바로잡고 보았던
허공으로 튀는 정신줄 애틋하게 잡아주던
바닷가 언덕 마을 가난한 방에서 숨쉬며
끊어진 희망 이어주던 글귀
꽃무늬 지워진 낡은 벽지 중간
빈집에
성소처럼 지키고 있다

미끼

밥상에 올려진 우럭을 본다
꾸덕꾸덕 말라서 온 우럭
주둥이에 날선 바늘이 반짝거려
열어보니
바다에서 우럭은
누군가가 던져준 미끼를 물고
아직까지 그 바늘을 빼지 못하고 있다

밥상에 앉아 밥을 뜨려다
생각해본다
어쩌면 나도 누군가의 미끼가 아니었는지

갑자기 내 입술이 화끈거려
손을 갖다대 본다
날카로운 바늘에 입술이 찢겨나간 흔적이 느껴진다

한 술 뜨려던 밥상을 물리고
약통을 뒤져 연고를 찾는 내 모습에서
거울 속 우럭 한 마리가
몸부림치며 저항한다

어떤 이별이 지난 후

한차례 폭풍우 지난
옹이진 가슴 틈새로

투명한 햇살 줄기
새어들면
모른 체 말고
그대로 젖어들자

아픔이 포슬거릴 때마다
꿈 햇살 이웃하고
부는 바람 냄새
놓치지 말고
또다시 힘차게 걷자

마카오 카지노

구름 떠도는 해질녘
베네치안 인공 하늘 아래
전 세계에서 모여든
북적이는 부나비들
금광 채굴 네모 머신 앞에 앉아서
낚싯밥 던지고
손가락 낚싯줄로 금맥 짚어보는
노다지 부스러기 입질에
맥박 도수 오르내리고
너무도 짧은 희횸 애哀의 간극
갖고 싶은 마음이 벌겋게 치닿아
베팅을 꿈꾸다
공기처럼 주머니 속 헤집고
구석구석 혼까지 핥은 헛된 욕심

비틀대는 허름한 발걸음
피 토하는 한숨 소리
눈 비 내리지 않는
하늘 가장자리
울부짖음으로 맴돌고

숨소리

생선 가시처럼 앙상해진 잎 하나
발 앞에 날아들어 가만히 들여다본다

여름내 벌레에게 내어주기만 했는지
찢기고 피까지 내어주는 고통도
거부 없이 받아들이고
바람 부는 대로 나부끼며
가지 끝에 간신히 붙들고 있다가
떨어져 내린
앙상한
몸

한참 동안 서서 지켜보다가
살 한 점 없는 망사 잎
주워서 귀에 대어본다
푸른 벌레들의 붉은 숨소리가
망사 줄 타고 들려온다

거미

검은날개무늬깡충거미
독하게 살자는 다짐이다

자신의 몸에서 뽑아낸 거미줄에
먹이가 걸려들기를 기다리지 않고
이리저리 뛰어 찾아다니며
힘든 일 마다하지 않는다

잡은 먹이 절대로 놓치지 않고
처자식 챙기고 살아낸 지금
장성한 자식 게임기만 붙들고
칩거한 모습에 저절로 한숨이다

어려서 자립을 기대하는 부모에게
나 몰라라 내침 당한 서운함
가슴에 안고 살아낸 상처가
깊은 사랑의 채찍이었음을

검은날개무늬깡충거미
동트기 전 북적이는 인파 속에서

자신의 이름이 차출되기를
구부정한 허리 세워 기다린다

말, 말, 말,

무심코 세 치 바람이 뱉어놓은 가시가
늑골 깊이 파고든다

심장박동에 가해진 붉은 줄기에
자음과 모음의 독한 올로 싸맨
맹독성 열매 주렁주렁 열렸다

저절로 떨어진 풋과일처럼
영혼 없는 영으로
우주 속 떠돌다가
또 다른 사랑의 미립자에
전위될까 유리창에 먹구름 낀다

3부

비의 다비식

구름 뿌리
무채색 줄기에 품은
착지 모르는 눈먼 몸

바람이 끄는 대로 곳간 창살 새어들어
낡은 벽돌 사이 얽혀 있는 거미줄에 내려앉아
목젖 마른 거미에게 뼈째 내어주고
소리 가시에 찔려 부어오른 귀로
흩어진 토막 몸뚱이
더 낮은 곳으로 새어든다

홀로 내려오던
고독하고 힘든 길 벗어나
힘 있는 파도 곁으로 다가가 눕기 위해
끝없이 아래로 아래로 내린다

마을버스 손잡이

가파른 정릉 언덕을
1111번 마을버스가 힘겹게 오르고 있다

손때 묻은
손잡이 하나에 매달린 사람들이
늦은 귀가를 서두르고 있다

옷보따리를 짊어진 배씨와
팔다 남은 중국산 더덕과 산나물을 이고 있는 노파
튀어나온 연장 가방을 둘러맨 최씨
짙은 화장이 번진 미스 송

다들 각자 살아온 무게를 작은 고리 하나에
저울처럼 매달고
반쯤 눈 감고 덜컹대다가

이리저리 굽은 산동네 모퉁이를 돌 때마다
아차
낡은 버스에서 튕겨나갈 듯
한 방향으로 쏠리고 휘청거린다

손아귀에 힘이 풀린 사람들을
낡은 손잡이가 다가가 얼른 꼭 붙들어준다

사람들이 모두 내린
종점에 도착하면
긴장이 풀렸는지 손잡이도 축 늘어진다

겨울 길

앙상한 맨몸
자세마저 꼿꼿하고 의연하다

요령도
위장도 없는
좁다란
눈 숫길

들어서면
발목이 부러질 것 같아서
걸음 멈추었다

웅덩이 안의 월인천강지곡

비 그친 새벽 빗물이 고였다
아스팔트길 가장자리 한쪽이 움푹 내려앉은 웅덩이
고인 물에 빠진 달

구겨졌다 퍼지고 길게 찢어지며 바람과 한바탕 놀다
가로수 회화나무 가지에 찔려도 금세 회복되고
제 색과 모습 잃지 않았다

떠오르는 해에 존재감마저 흐려지고
찾는 이 하나 없어도 제자리 지키고 있는
웅덩이가 품은 달
더 없이 맑다

한여름

35도가 넘는 오후
후덥지근한 전철 안
지친 끈적끈적한 얼굴들이 흔들린다
천장에 매달린 손잡이 고리처럼

한 남자가 저쪽 칸에서
이쪽 칸으로 건너와
에어컨 바람 아래 맞춰서서
두 팔을 위로 번쩍 올린다
땀에 젖은 얼굴을 닦는가 싶었는데
자신의 머리카락 뭉치를 훌쩍 벗기더니
한 손에 쥐고 무심하게 다음 칸으로 걸어간다
그의 모습을 지켜보던 시선들
어디선가 풉 짧은 소리에
여기저기서 참았던 웃음소리가
새어나온다

남자의 뒷모습을 지켜보는데
하얀 백사장이 된 그의 머리는
메마른 풀이 듬성듬성 나 있고

뜨겁게 내리쬐는 햇볕 아래

자갈들이 굴러다니는 한여름 모래밭이었다

보이는 것과 그리움의 거리

한 시선도 놓치지 않으려던
모든 게 맞아떨어지는
짜릿했던 시간은
정말 순간이었어
눈 뜨면 떠오르는 순간이
모이고 모여서
이리도 먼 거리가 된 것일까
지독하게 같아 보였던
그러나
마주 바라볼 뿐
떠 있는 별 사이였어

지금,
만날 수 없는
빈 껍데기의 거리

휴지休止

조용한
잣나무숲
주먹만한 잣 솔방울
후두둑 고요 가르고
피어난 향
옅어지는 농무처럼
몽돌 가슴 에이고
하얗게 물러지는 몽돌
느슨해져 바라본다

해질녘
저 건너편 산록에 누운
빛무리
맑은 새소리 타고
귓전에 속삭인다

명동 거리

좁다란 골목 상가에
임대 구함 문구가 상가마다 붙어 있다
뿌연 유리창 속 가게 안은 텅 비었고
지나는 사람도 뜸하다
길 가운데 비둘기 한 마리 유유히 걷다가
카메라를 목에 멘 꽁지머리 외국인 남자 옆에
나란히 걸어간다
한때,
넘쳐흐르는 인파 속에서 친구를 찾으며
앞사람 바짝 붙어 따라가던 골목은 아니었다

딱 붙는 청바지에 캔버스화를 신고
상가에서 흘러나오는 프라우드 메리를 흥얼거리며
때로는
짧은 치마에 가보시 힐을 신고 누비던
북적이는 거리는 어디에도 없다

코로나로 모두 함스터리티스*가 되어
각자 우리에 갇혀서 서로 눈치만 보고
3년 지난 지금

어쩌면
갇혀 있던 우리 속을 나가는 게
어색하고 두려울지도

*함스터리티스 : 코로나 이후 불안감에 식량을 비축에 나선 사람들.

빌려준 어깨

전철 옆자리에 앉은 20대 초반 여성이
내 어깨에 기대어 잠들었다

그녀 머리에 어깨를 대주며
오십견 통증도 잊은 채 딸 보듯 쳐다보았다

정수리에 빼곡한 머리숱
보들보들한 손이 20대 초반쯤 같다

게임 하다가 밤새웠는지
과제 혹은 자격증 시험 준비로 꼬박 지새웠는지
엄마에게 기대듯 더욱 밀착시키고 잠들었다

너울성 파도처럼 출렁거리며 남편과 다투다
살인이라도 하고 말 것처럼 화가 치솟던 어제와 달리
저린 것도 모르고 어깨를 한껏 올려 팔뚝을 빌려주고 있다

어디선가 신나는 카혼 연주가 들려온다
손을 오므려 그녀 귀에 닿을 듯 막았다

참 오지랖도 넓지 이미 목적지 세 정거장이나 지나왔다
조심스레 몸을 밀쳐 세우고 자리를 일어서는데
내가 앉았던 빈자리에 무너지듯 고꾸라졌다

저 달콤하고 쓰디쓴 20대
지독히도 짧게 스쳐가는 청춘이었다

소리쟁이 군락

스콜 지난 말쑥한 비탈 둑길
억새 무리에 뒤질세라 나란해진 키
소리쟁이 목 빼고 힘껏 딛고 섰다

속에 품고 있는 꽃이 다름을
뒤늦게 알고부터
억새보다 더 억세게 버티지만
자꾸 숙어지는 꽃대 얼굴

저 길 건너 소리쟁이 군락
서로 엉키어 소리치고 다정하게
보듬는 모습 바라보는 눈에
뿌옇게 안개 어린다

혀라는 칼

무기도 없이
멋대로 파고들어
마음을 헤집어놓는다

가깝다고 느끼는 사람이
아무렇지 않은 듯
더 깊숙이 찔러댄다

외도 해무

가장 낮게 엎드려
잠시도 쉼 없는 몸짓
하늘 크기보다 더 큰 서러움
해안절벽 언덕 아래
하얀 눈물 철썩인다

가누지 못할 큰 품 열고
바다와 하늘 하나 되어
아득히 너른 세계
태초의 자궁에 누워 일렁이며
찰싹이는 먼 소리 고요하다

서호천 둑길의 이별 풍경

봄비 멈춘 저녁나절
서호천변 따라 걷는데
비릿한 풋내 향기 가득하다
하나둘 켜지는 가로등 불빛 아래

이별의 익숙함에 전염된 듯
반짝이며 떨어지는 벚꽃잎
무거운 몸짓 흩날리지 못하고
젖은 채 바로 하강이다

이별을 더디 하고픈 벚꽃잎은
쇠풀뜨기 푸른 줄기와 노란 애기똥풀
소리쟁이와 환삼덩굴 등
막 솟아오르는 속순 위에 내려앉아
달빛 줄기와 지문을 맞추고 있다

해신의 후회

거드름 피우며 배를 쓰다듬는
기름진 실핏줄도 황금인
미다스 왕을 닮은
어둠의 군사가 질주하여
마침내 세월까지 삼켜버렸다
토막난 천륜에 찢어지는 파도
쉼 없이 쳐대며 울부짖고
저린 가슴 황토 눈물
너울대며 해와 달에게 하소연한다
이 세상 끝에서 저쪽을 거부하며
죽을 힘을 다했을
동강난 영혼이 지나는 길목은
생각한 적 없다고
그렇게 몇 날 며칠 잿빛 몸부림이었다
부모의 절절한 통곡에
어딘가 슬쩍 비껴 숨어
배를 두드리며 아직도 흐흐대는지
손닿는 것마다 황금으로 변해
딸까지 황금으로 변하고서야
늦게나마 후회한 미다스 왕을 아는지

2014년 4·16 세월호 참사
봄의 미라 꽃망울 위로
복받친 비 그칠 줄 모른다

곰배령 벌

산마루 너른 풀밭
저절로 피어난 꽃
갖은 향기 품던 벌

언제부턴가
말라비틀어진 들꽃 풀숲에서
죽은 나비
날개 한쪽이 찢어진 절뚝이는 파리
지나는 발자국에 밟혀 죽은 지렁이
그들의 사체를 뜯어먹고 꿀을 모으는 벌

점봉산 중턱
허름한 주막에서 가져온
벌꿀 한 통
집에 와서 찍어 먹었는데
너무 달아서
쓴맛이 났다

맥박

수산시장 좌판에 놓인 꽃게
간신히 붙어 있는 자신의 집게발을 바라본다

크나큰 바위를 등에 업고 돌 틈에 몸을 꼭 끼운 채
납작하게 죽은 듯이 엎드려 위험한 고비에 바짝 침이 마
르는 순간
촘촘한 그물 안으로 갇혀
발버둥치고 안간힘으로 물어뜯던 그물에
친친 감긴 발목이 꺾였다

고통스러워하다가 자지러져
누군가 끼얹는 한 바가지 물에 놀라서 눈 떴을 때

며칠째 일이 없어 공치던 이씨
관절 통증이 심한 그가 떨이로 산 날것들이
비닐봉지 속에서 이쪽저쪽 기운다

23.5도 기울어진 세상
모든 게 기울어져야 한다고 읊으며
집으로 가는 둔덕 오르는데

숨이 멎은 것일까
요동치던 비닐봉지 속이 잠잠하다

이따금 팔딱이는 작은 소리
부러진 다리를 통해 기어오른다

포스토이나 동굴*의 눈물

수천만 년 세월을 물방울로 드러내는 동굴

빛이 없는 곳에서 밤낮 쉬지 않고
벌거벗은 몸뚱이로 암벽을 타고
눈물이 되어 흘러내린다

종유석과 석순으로 마주하며
간절한 눈물의 떨림으로 다가서는
만나지 못한 통곡에 짓물러져

어둠과 밝음을 오가는 길목
위아래 없는 눈물만 있기에
더욱 견고하게 이루어진 세계

몇 달 혹은 몇 년 동안 제자리에 머물러
동굴의 울음에 함께 울다가
서서히 볼 수 없게 되었을 프로테우스의 눈

빛이 없는 곳에서

모두가 퇴화하기 위한
궤도를 벗어나기 위한
점유의 소리

*포스토이나 동굴 : 슬로베니아에 있는 동굴.

가을비

비 내리는 좁다란 산길 알록달록 겹겹이 쌓인 단풍
촉촉한 꽃뱀으로 누워

발걸음 따라 꽃뱀이 따라오고 꽃뱀은 발목을 물고

전전반측

밤새 더위로 뒤척이다가
어렴풋이 새벽 5시

묻지마 휘두르는 멍든 바이러스에
거리마다 발걸음 뒤척이고

세계 잼버리 수만 회원들
새만금 땡볕 아래서 온열로 뒤척이고

소리 없이 서서히 붉어진 시간에
지구도 통째 뒤척이고

뒤척이는 파리를 파리채로
힘껏 내리치는 나도 전전반측輾轉反側

미어캣

막 출발하는 버스 뒤꽁무니 두드려
가까스로 올라탄다
양복 밖으로 삐져나온 셔츠 자락
맹독 혀로 쪼아대는 상사 같아 꾹 눌러넣고
정체된 차 안 졸이는 마음 뛰고 또 뛴다
빌딩 로비 맹금류처럼 지키고 있는 출입통제기
사무실 문을 열자 경직된 책상이 맞는다
컴퓨터 파워 키를 누른다
페이스북에서 주변인들 근황을 둘러보고
네이버 파워블로그 방문객 수를 확인한다
검색어 순위대로 김민지 박지성 홍명보…
잘나가는 사람들 훑어보고, 느슨해진 넥타이
다시 한 번 졸라매며 위험을 감지한 미어캣
의자를 바짝 당겨 앉는다
찬 공기 주입 소리만 가득한 사무실
오로지 수익의 고지를 향한
정진을 부르짖는 모니터 한켠
실적 부진 이 과장 권고사직 당했다는
쪽지 날아들자 머리카락 쭈뼛
팽팽한 긴장감 파티션 넘나들고

먼 창가 쪽 부서장의 불투명한 호명에
동시에 목이 쭉 오른다
미어캣

잠수함과 나비

그날 새벽
세상을 펌프 하던 그
하얗게 쏟아지는 접신 따라
달의 뒷모습을 질주하고 왔는지
단 몇 분 만에 무덤 앞 조화처럼
누워 있었지

날개 접힌 웅크린 초점
문설주 키 재기 숫자에 멈추고
식탁에 수저 하나 덜 놓인
발소리 하나 사라진
한 번도 일갈할 것 없이
조용한 공간

희미한 등불 아래
더미처럼 누워
물끄러미 바라보는
꺾여버린 날갯짓
아버지

중독

신기하다
막대그래프 짚어가며
주봉을 체크하고
최저치와 최고치 간극을 재고 또 재서
잔고 호적에 올리면
술 먹은 듯 비틀대다
맥없이 누워버린다
두 손 맞잡아 기원해도 옴짝 않고
과감하게 호적을 파버리면
기다렸다는 듯 남의 집에서
비비적대고 황금 날개 비상한다

100미터 달리기라도 한 듯
가쁜 숨 몰아쉬며
호적에서 파버릴 건 자신이라고
밤새 끌탕하고
다음 날 아침 9시 어김없이
사고思考를 도난당한 채
계좌 잔고처럼 비틀어진 눈으로
롤러코스터 궁금해서
모니터 앞에 앉는다

층층나무

층층이 뻗은 가지
잎마다 낡은 햇살만큼
제 그늘 넓어지는 줄 모르고
새어드는 빛마저 차단한 채
월계꽃 머리에 이고
묵직한 가지 출렁이며
계곡 절개지에 아슬하게 핀 풀포기
바람에 몸부림쳐도 못 본 체
풍성하게 늘어져 노래 부르더니

높은 하늘만큼이나 찬바람 이는
비탈진 숲에
시간 진 언저리 닳도록 헤아려도
종일 한마디 나눌 말벗 없이
찡긋 눈 감고
풀포기에 귀 기울여봐도
살천스러운 앙금에 다가갈 수 없고
잎 떨군 채 홀로 서 있다

눈발 날려도

밑동 주변 덮어줄
마른 풀더미 하나 없이
달빛 머금은 삭풍만
시웅시웅 맴돈다

금 간 항아리

철사로 묶여
금 간 것도 모르고 숨차한다

거부 없이 받아들여
넘치면 흘려보내고
덮눌린 돌덩이 버거움도 잊은 채
묵히고 삭히며
제 몸 혹독하게 부려
노쇠해진 어머니

이제,
품기를 거부한다
아니,
품는 걸 잃어버렸다
풀어진 심줄 같은 거미줄로
입을 봉한 채
녹슨 마음으로 높은 곳
바라보는 어머니
담장 아래 비스듬히 누워 있다

시간의 사색

밤비 내리는 창가
턱 괴고 어둠 속 응시하면
잦아들다 되살아나는 빗소리 가르고
먼 그리움 걸어온다

푸른 시간의 터진 솔기
그동안 잦은 줄만 알았는데
멍든 속 줄기
빗물인 채로
틈 깊이 고여 있다

갈증

육교 위로
고동색 지렁이 한 마리가 힘겹게 오른다

거친 시멘트 바닥이 하얗게 마른 딱딱한 길
마디마다 긁히고 문질러진 상처
아픔도 잊은 채
긴 몸 움츠렸다가 펴기를 쉬지 않고
모여 살던 가족 찾아나서는지도

여름 한낮
원통형 등줄기 위로 제 수분 다 내어주고
목말라 헐떡이다가
자동차가 거세게 지나가자
숨도 참으며 바싹 오그라들어서
오른 것보다 훨씬 아래로 내동댕이쳐졌다

옴짝할 수 없이 누운 채
주변을 돌아다본 고동색 지렁이
나뭇가지처럼 말라비틀어진
동료들 여기저기

마른침 삼키며 몸을 뒤틀고
널브러져 있는 사체 위로
또다시 오르기 위해서 길을 나선다

모기

어둠을 좋아하는 태생인
새끼손톱 잘라낸 크기만한 작은 몸뚱이

신형 촘촘 방충망으로 교체했기에
느긋하게 눈 감고 누웠는데
익숙한 소리가 귓전에 들려온다

어느 틈에 새어들었는지
집 안을 누비며 피를 찾아 킁킁대고
보이지도 않는 침으로
허벅지며 팔뚝이며 들이꽂고
눈을 빤히 뜨고 있는 눈썹 위에 올라앉아
바늘침을 겨냥하는 겁대가리 없는 작은 몸뚱이
손바닥으로 세게 후려쳤는데
찾아봐도 흔적 없고
두드러기처럼 벌겋게 부풀어오른 눈두덩
모세혈관이 서서히 움직여 잠이 홀딱 깼다
불을 환하게 켜고
폭넓은 부채질을 수 없이 해도
나타나지 않는다

신경전에 열받아 얼음을 꺼내려고
냉동실 문을 열었는데

피를 빨다가 빈혈에 걸렸는지
작은 몸뚱이를 비틀거리다가
맥없이 냉동고로 날아들었다
얼른 문을 닫았는데

냉동고에서 내 핏덩이가
고체로 얼어가는 소리가 촘촘하게 들려왔다

돌부처가 된 독수리

4.0 이상의 시력에
멀리 있는 먹잇감도
정확하게 낚아챈다는 매서운 눈

아!
안대를 씌운 것도 아닌데
고성 바닷가 바위 언덕에 앉아서
짓무르도록 굳게 자리 지키며
풀숲 벗어나는 지빠귀 무리도 알아보지 못하고
소나무 몸통 타고 오른 먹넌출 마른 잎 떨며
소리치는 것도 모른 채
눈 살갗 밑으로 파고든 수십 년 세월
노老 수할치*의 시력에도 미치지 못하는
쏘아보지 못하고 껌벅이는 눈

날개 한 번 활짝 펴지 못하고
앉아만 있는 것은
빛바랜 시간에 매달려
제자리만 퍼덕이는
구부러진 시선으로

아직도

비상을 꿈꾸나 보다

*수할치 : 매를 부리면서 매사냥을 지휘하는 사람.

원형의 공간과 그리움의 실체

김정수/ 시인

2013년『문파문학』으로 작품 활동을 시작한 김영화 시인의 첫 시집『웅덩이 안의 월인청강지곡』에는 다양한 공간이 등장한다. 침대, 창가, 베란다 같은 집안의 내밀한 공간과 거리, 차 안, 천변, 목욕탕 같은 삶과 밀접한 공간과 낙산 해변, 신두리 해안사구, 지심도 같은 일상에서 좀 더 확장된 공간과 그리고 스페인, 오스트레일리아, 하와이 같은 국경을 벗어난 견문의 공간이 시집 도처에 산재한다. 이뿐 아니라 웅덩이나 항아리 속, 마음속, 천공天호 같은 상상과 사유의 공간은 시의 위의威儀를 한층 더 넓고 깊은 곳으로 유인한다.

이들 공간은 페이지, 침대, 방, 거리, 도시, 나라, 세계 등에서 관찰한 장면과 사람들과의 관계를 농밀하게 묘사하고 질문하는 조르주 페렉의 저서『공간의 종류들』(문학동네, 2019)과 닮았다. 페렉은 공간이 시선을 멈추게 할 뿐 아니라 멈춘 시선 위에 둑을 만든다고 했다. 그 둑은 장애물, 벽돌들, 각, 소실점에 해당하는데 이런 시선이 각을 만들거나 멈춰설 때, 다시 출발하기 위해 회전할 때 공간이 발생한다는 것이다.

그때의 공간은 "외부 원형질적인 그 어떤 것도 갖고 있지 않"은 순수한 공간, 그 자체의 자리에 위치한다. 페렉은 여러 공간 중에서 페이지를 맨 앞에 놓는다. 글쓰기의 시작인 페이지는 "수평적으로 흰 종이에 놓이고, 순결한 공간을 검게 물들이며, 그곳에 하나의 의미를 부여"한다. 페이지는 나와 독자의 "매개 공간"일 뿐 아니라 "오직 단어들, 흰 종이에 적힌 기호들"과 함께 시작된다.

흰 종이의 첫 페이지에 김영화 시인이 수놓은 공간은 "서호천 둑방"(이하 「시인의 말」)이다. "그 길 끝에서/ 오래전의 나를 만"난 시인은 둑방길이 끝나는 지점에서 새로운 각이 만들어내는 공간을 발견하기보다는 과거로 회귀한다. 무슨 이유에선지 시인에게는 멈추거나 걸을 때 시선이 만들어내는, 각에 의해 생겨나는 공간을 음미할 여유가 없다. 과거와 현재를 연결해주는 서호천 둑방길은 공간보다 기억의 재생이 우위를 점한다.

둑방길이라는 공간이 생성하는 풍경, 길의 사유는 기억의 회로를 과거로 돌리게 하는 촉매 역할을 한다. '현재의 나'와 '과거의 나'가 조우할 때, '현재의 나'가 과거로 가는 것이 아니라 '과거의 나'가 현재의 공간으로 소환된다. '현재의 나'가 서 있는 공간에 "오래전의 나"는 존재할 수 없기 때문이다. 한데 둑방길로 소환된 '과거의 나'는 현재 존재하는 것이 아닌 머릿속에 저장되어 있는 것이기에 공간의 이동이 아닌 기억의 환기인 셈이다. "낯선 시간"과 기억의 끝에는 "홍은동 산동네 단칸방"(「동피랑 마을」)이 자리잡고 있다.

그런 점에서 서호천 둑방길은 과거와 현재를 연결해주는 통로라 할 수 있다. 낯선 시간을 관통해 현재로 소환된 홍은동은 단어나 기호 대신 "어린 시절"(「홍은동의 겨울」)의 가난한 추억과 외로운 기억을 간직한 공간이다. 흰 종이의 수평 대신 산동네의 수직이, 흰 색의 순수함 대신 회색의 일상이 펼쳐진다. 그 공간은 부서지거나 무너지지 않고, 약간의 균열이 가 있다. 도저히 메울 수 없는 균열, 그 틈이 만들어내는 공간에서 과거는 현재화되어 시로 재탄생한다.

시인은 무시로 그 틈을 들여다보거나 들락거린다. 시인의 페이지에 기록된 홍은동 산동네는 결핍의 공간이면서 가족의 애환이 서린 원형 공간이다. 산동네 단칸방을 가만히 들여다보면, 거기 '어린 나'와 가족(특히 아버지)이 웅크리고 있다. 시인은 끊임없이 다시 만날 수 없는 사람들을 그리워한다.

끊어질 듯 이어진 흐릿한 필체 따라
재잘대는 아이들 소리 들려오고
복닥거리며 살았던 홍은동 산동네 단칸방은
동피랑에도 있다
책상 위 바람벽에 붙은 익숙한 문자
더 깊이 뿌리내리게 하려는 폭풍처럼
무섭기만 했던 아버지
파도 위 출렁대는 꿈
단 한 번도 꾸어본 적 없이

엎어진 노을만 바라보며
소처럼 직수굿이 일만 했던
한숨 섞인 무거운 기침 소리에
책상 앞에서 졸다가 정신이 번쩍 들어

—「동피랑 마을」부분

빙판길을 조심스레 걷다가
벌렁 미끄러져 잠시 정신을 잃었다

가만히 눈을 떠보니
홍은동 언덕배기
아버지가 보고 싶어 울다가 잠든
어린 시절의 산동네에 와 있었다

앙상한 뼈가 배겨도
뒤척임마저 참으며
누워만 있던 아버지

어두운 방에 고여 있던 어둠
서늘한 바람이 묻어온 아버지의 굳은 옷자락

춥기만 했던
내 어린 시절 홍은동의 겨울

—「홍은동의 겨울」전문

"서호천 둑방"에서 기억의 회로를 과거로 돌린 시인이 마주한 첫 풍경은 서울 "홍은동 언덕배기" 산동네다. 산동네 단칸방에서 온 가족이 복작거리며 살았던 시절은 가난했지만, 행복한 기억으로 남아 있다. 빙판길을 걷다가 넘어져 "잠시 정신을 잃었"을 때도, "통영 동쪽 해안가 언덕" 동피랑 마을을 둘러볼 때도 어린 시절에 살았던 홍은동 산동네를 떠올릴 만큼, 시인에게 홍은동은 원형 공간이다. 꿈이나 회상을 통해 원형의 공간에 접근하는 게 일반적인데 김영화의 시는 기절과 수평적 현실 공간을 통해 접근한다는 점에서 주목할 만하다. 이는 홍은동이 무의식과 의식을 동시에 지배하는 공간이라는 방증이기도 하다.

두 편의 인용시에 등장하는 아버지는 전혀 다른 모습을 하고 있다. 「동피랑 마을」에서는 그저 "무섭기만" 하지만, 「홍은동의 겨울」에서는 "앙상한 뼈가 배겨도/ 뒤척임마저 참으며/ 누워만 있"다. 상반된 아버지의 모습에는 시간의 차가 존재한다. 아프기 전의 아버지는 자상함보다는 무서운, 살가움보다는 "소처럼 직수굿이 일만" 하는 전형적인 아버지상이다. 하지만 자리에 눕자 위엄은 사라지고 초라함만 남는다.

건축일을 하다가 몸져누운 아버지는 다시 일어나지 못한다. 집을 지어 "하숙 치려던 꿈 접어둔 채 병원으로 간 아버지"(「거미의 빈집」)는 끝내 집으로 돌아오지 못한다. 임종전 아버지가 머물던 방을 찾은 시인은 "침대 끝에 걸터앉"(이하 「아버지의 방」)아 돌아가신 아버지를 회상한다. "절름발이 언어"와 반복된 눈길로 의사를 표현하던 아버지를 무심과 안일로 대한 것을 후회한다. 아버지가 만드는 시선이 "가닿은 곳에는 리모컨, 커피, 사탕"이 있다. 알아들을 수 없는 말과 정확하지 않은 눈길의 의사소통은 실패한다.

시간이 흘러 다시 아버지의 공간(특히 침대 끝)에 머문 시인은 실패의 원인이 아버지에게 있는 것이 아니라 자신의 무심함 때문임을 깨닫는다. 방에 들를 때마다 느낀 아버지의 젖은 눈길은 죽음을 예감한 "떠남에 대한 안타까움"이었음을 뒤늦게 알아챈다. 사물이 만들어낸 각을, 그 각에 의해 생겨나는 공간을 미처 알아보지 못한 죄책감이 몰려온다. 시인은 죽음의 경계를 "수평선"이라 표현한다. 아버지의 "수평선(이) 가까이 이르렀다"는 걸 알았다면 "그가 좋아하는 간장게장 담아 들고 자주 찾아가" 담소를 나누고 "다정하게 손 한 번 더 잡았"을 거라 반성한다.

홍은동을 배경으로 한 또 다른 시 「다이알 비누」는 삶의 공간과 냄새를 직접 비교한다. "방과 후 지나던 홍은동 네거리/ 대로변에"는 "홍등"이 즐비하고, 그곳을 지나갈 때면 "분내 섞인 질탕한 콧노래"가 들려온다. 반면 홍은동 "산동네 집마다 창가에 걸린 뽀얀 빨래"에서 풍기는, 가장 흔한 "다이알 비누 냄새"는 향긋하다. 시인은 의도적으로 분내의 환락과 대중적인 비누 냄새의 소박한 삶을 대비한다. 한데 두 공간은 분리되어 있지 않다. "텅 빈 집까지" 냄새가 따라올 뿐 아니라 벽에는 "레이스 란제리"가 걸려 있다. "분내 묻은 콧소리 웃음"과 "느끼한 냄새"를 통해 두 공간이 서로 무관하지 않다는 것을 드러낸다.

방이라는 공간은 기억을 환기한다. 페렉은 "가장 중요한 기억뿐 아니라 가장 쉽게 달아나는 기억들, 가장 하찮은 기억들이 되살아"(이하 '앞의 책') 난다고 했다. 기억이 되돌아올 뿐만 아니라 활기를 띤다고도 했다. 아버지에 대한 중요한 기억은 "방 윗목에 놓인" 밥상과 "꼬깃꼬깃한 지폐 몇 장"의 기억으로 활기를 얻는다. 또한 "아침"이나 "신학기 새 책"과 같은 시작의 이미지를 만나 중요한 기억으로 탈바꿈한다.

> 햇살만 들락거리는 어디에도 거미는 보이지 않았다
> 집을 짓던 아버지처럼
>
> 등이 휘도록 벽돌 찍어 한 귀퉁이 쌓아두고
> 하숙 치려던 꿈 접어둔 채 병원으로 간 아버지
> 동네 개구쟁이들 해 지는 줄도 모르고
> 소리치고 뛰어노는 공터가 된 집터
> 벽돌 덮은 비닐장판 해지고 낡아도
> 돌아오지 않는 아버지
>
> 짓다 만 거미집이 텅 비었다
> 이미 거미줄 아닌 날개들의 혼魂줄로
> 나르는 것을 구속했던 거미
> 작은 자유까지 완벽하게 가두기 위해
> 빛줄기 꺾다가
> 자신을 가둔 혼魂줄 타고 갔는지도
>
> ─「거미의 빈집」부분

검은날개무늬깡충거미
독하게 살자는 다짐이다

자신의 몸에서 뽑아낸 거미줄에
먹이가 걸려들기를 기다리지 않고
이리저리 뛰어 찾아다니며
힘든 일 마다하지 않는다

잡은 먹이 절대로 놓치지 않고
처자식 챙기고 살아낸 지금
장성한 자식 게임기만 붙들고
칩거한 모습에 저절로 한숨이다

어려서 자립을 기대하는 부모에게
나 몰라라 내침 당한 서운함
가슴에 안고 살아낸 상처가
깊은 사랑의 채찍이었음을

검은날개무늬깡충거미
동트기 전 북적이는 인파 속에서
자신의 이름이 차출되기를
구부정한 허리 세워 기다린다

—「거미」 전문

김영화의 시에서 거미 이미지는 집과 아버지, 그리고 삶의

치열성을 의미한다. 거미에게 집은 주거 공간이면서 사냥
터다. 생활과 일터가 구분되지 않는 치열한 삶의 현장이다.
삶의 치열성은 때론 갓 태어난 새끼들에게 몸까지 내어주
는 염낭거미처럼 희생을 뜻하기도 한다. 시「비의 다비식」
은 거미줄에 걸린 비가 "목젖 마른 거미에게 뼈째" 내어주
는 것으로 묘사되지만, 자식을 위해서 몸을 아끼지 않는 부
모(특히 아버지)의 삶을 변주하고 있다.

시「금 간 항아리」에서도 거미줄은 혹독하게 몸을 부리고
"입을 봉한 채" "높은 곳"을 바라보는 어머니의 죽음을 암시
한다. "담장 아래 비스듬히 누워 있"는 금 간 항아리는 "노
쇠해진 어머니"와 겹쳐지는 순간 "담장 아래"라는 공간에선
의미가 생겨난다. 항아리가 만들어낸 풍경의 각이 어머니
라는 기억의 각을 만들어내고, 이는 다시 애잔한 그리움의
공간을 생성한다. 이 시는 몸을 아끼지 않고 자식을 돌본
아버지와 어머니의 삶에 천착하고 있지만, 시적 뉘앙스는
건조하기만 하다. 물기가 스며들 여지를 주지 않는다.

시「거미의 빈집」은 "숲길 오르다 이마에 스친 거미줄"과
의 느닷없는 만남으로 시작한다. 거미는 보이지 않고, "구
멍 난 가장자리"가 휑하다. 시인은 집을 짓다가 쓰러져 병
원에 실려간, 거미줄처럼 속박했던 아버지를 떠올린다. 거
미가 "날개들의 혼魂"을 구속했듯이, 종내에는 자신의 삶을
가둔 아버지에 대한 원망이 묻어난다. 숲길을 오르면서도
뒤에 두고 온 "거미집"에 오래 생각이 머무는 것은 아버지
에 대한 그리움 때문일 것이다. 시간이 개입한 원망은 결국
그리움이다.

시 「거미」는 "독하게 살자는 다짐"으로 서두를 꺼낸다. "검은날개무늬깡충거미"는 집을 짓지 않는 배회성 거미다. "거미줄에/ 먹이가 걸려들기를 기다리지 않고" 일정한 주거조차 없이 나무나 잎사귀, 꽃잎 등을 쏘다니거나 잠복해 있다가 먹이를 잡아먹으며 산다. 이런 검은날개무늬깡충거미의 특성은 "힘닿는 일은 마다하지 않는" 가장의 삶으로 치환된다. 한데 "장성한 자식(은) 게임"에 빠져 집에 칩거한다. 그런 자식을 보면서 시인은 아버지를, 자신을 돌아본다. "나 몰라라 내침 당한 서운함"과 깊은 상처가 사실은 자립심을 길러 험한 세상에서 살아남게 하려는 아버지의, "깊은 사랑의 채찍이었음을" 뒤늦게 깨닫는다. 이처럼 김영화의 시에서 거미를 동반한 집은 혼자만의, 고독한, 결핍의 공간이다.

　　밤비 내리는 창가
　　턱 괴고 어둠 속 응시하면
　　잦아들다 되살아나는 빗소리 가르고
　　먼 그리움 걸어온다

　　푸른 시간의 터진 솔기
　　그동안 잦은 줄만 알았는데
　　멍든 속 줄기
　　빗물인 채로
　　틈 깊이 고여 있다

—「시간의 사색」 전문

침대 끝이나 거미의 공간과 마찬가지로 "창가"도 그리움의 공간이다. 창가는 안과 밖이 서로 마주할 수 있는 소통의 공간이지만, 위의 시에서는 의인화한 그리움이 밖에서 다가오는 것으로 그려진다. "푸른 시간"은 젊은 시절을, "먼 그리움(이) 걸어온다"는 건 지금은 만날 수 없는 가까운 이를 그리워한다는 뜻이다.

시각적인 "어둠"과 청각적인 "밤비"는 그리움의 깊이를 배가시키는 시적 장치다. "푸른 시간"은 "멍든 속 줄기", "터진"은 "틈"과 조응하면서 전자는 순탄하지 않은 젊은 시절을, 후자는 메울 수 없는 간격을 의미한다. '시간의 사색'에서는 시간에, '사색의 시간'에서는 사색에 방점이 찍힌다. 즉 사색보다는 시간에 더 큰 의미가 부여된다. 창가는 단순히 사색하는 작은 공간이 아니라 과거와 만나는 시공간이다. 그리움이 "고여 있"는 사색의 시간이다.

육교 위로
고동색 지렁이 한 마리가 힘겹게 오른다

거친 시멘트 바닥이 하얗게 마른 딱딱한 길
마디마다 긁히고 문질러진 상처
아픔도 잊은 채
긴 몸 움츠렸다가 펴기를 쉬지 않고
모여 살던 가족 찾아나서는지도

—「갈증」 부분

화성 계단 아래에 서서

성곽 너머 하늘을 올려본다

—「계단참」부분

상가 건물들 외벽으로 둘러싸인

그늘진 네모 화단에 단풍나무 한 그루

제 키 높이의 열 배 이상 높은 건물들에 갇혀

가늘게 휘어진 몸과 노란 얼굴로

힘을 다하여 위를 향한다

—「단풍나무 빈혈」부분

집을 벗어난, 삶과 밀접한 공간이 만들어내는 서정의 세계도 힘겹긴 마찬가지다. 집안의 쓸쓸함을 고스란히 집 밖으로 옮겨놓은 듯하다. 이는 땅속에서 벗어난 "지렁이 한 마리"가 육교를 오르는 것과 연동되어 나타난다. 지렁이는 피부로 호흡하는데 비가 와 굴이 잠기면 숨을 쉴 수가 없어 땅 밖으로 나온다. 지상으로 나온 지렁이는 굴로 돌아가지 못하고 "시멘트 바닥"을 기어간다. 긁힌 "상처/ 아픔도 잊은 채" 육교를 "힘겹게 오른다". "모여 살던 가족을 찾아"올지도 모른다고 하여 가족에 대한 그리움을 투영한다. 지렁이는 험난한 길을 포기하지 않고 또다시 길을 나선다. 말라비틀어지고 널브러진 "동료들"을 밟고 위로 오르기 위한 처절한 사투는 전장戰場을 떠올리게 한다. 가난한 산동네의 삶과 낯선 시간을 통과해 더 높은 곳에 오르려는 의지이기도 하다.

욕망을 넘은 사투는 시 「계단참」과 「단풍나무 빈혈」에서
도 엿볼 수 있다. 수원 화성 성곽의 산책을 소재로 한 「계단
참」은 계단과 삶의 층계를 대비한다. "화성 성곽 계단 아래"
선 시인은 성곽을 보는 것에 머물지 않고 "성곽 너머"를 응
시한다. 쉼을 무시한 상승 욕구, 혹은 삶의 사투는 결국 부
작용을 불러온다. 발을 "헛디뎌 발목이 부러"지고 나서야
삶의 쉼표 같은 계단참에서 "잠시 쉬어"가야 한다는 것을
인식한다.

"상가 건물들 외벽으로 둘러싸인" 단풍나무 한 그루를 소
재로 삼은 「단풍나무 빈혈」은 열악한 환경에서도 포기하지
않는 강인한 삶을 다루고 있다. "건물 층층이 뿜어내는/ 에
어컨 실외기의 텁텁하고 습한 바람"에도 단풍나무는 "힘껏
위로" 자란다. 육교를 오르는 지렁이나 쉼 없이 화성 성곽을
오르는 것이나 건물과 키를 견주는 단풍나무, 열악한 환경
에서도 삶을 견디는 일련의 상황은 시를 포기하지 않고 등
단 12년 만에 첫 시집을 상재하는 시인의 모습과 겹쳐진다.

영하 10도 아침
눈발 날리는 낙산 해변
텅 빈 모래사장에 서 있다

멀리서 벽을 세우고
달려오는 파도가
내 가슴으로 밀고 들어왔다
놓은 줄만 알았던 거머리 같은 그리움

치석 긁어내듯 구석구석 끌어내어

무거운 옷까지 벗어 쓸어안은 채

바다로 돌아갔다

물 위에서 사정없이 퍼덕이며

몸부림치던 허상이

서걱서걱 굳어지며 멀어져 간다

　　　　　　　　　　　　　—「헤어질 결심」 전문

시드니 포트스테판

불사막처럼 달궈진 모래밭에 발이 닿자

누군지 모를 찍혀 있는 발자국 위를

경중경중 걷는다

(중략)

누군가 터놓은 길이어야 발을 들여놓으며

의지하지 않으면 길을 나서지 못하는

고리처럼 물고 물리어 살고 있었으면서

늘 혼자라고 여겼던 자신은

한순간도 혼자가 아니었다는 것을

깨닫는다

　　　　　　　　—「모래 속에는 내가 살고 있었다」 부분

　생활과 밀접한 공간을 걷는 여유가 '산책'이라면, 일상을
벗어나 좀 더 확장된 공간을 걷는 외유가 '여행'이다. "마음
이 각박하여"(「지심도」) 위안을 얻으려 섬을 찾고, "끊어진

희망"(「동피랑 마을」)을 이어보려 남쪽 해안가 마을을 찾고, 삶의 휴지기가 필요해 "조용한/ 잣나무숲"(「휴지休止」)과 "점봉산"(「곰배령 벌」) 곰배령을 찾는다. 하지만 파도는 울음을 토해내거나 하늘보다 더 큰 "서러움"(「외도 해무」)으로 다가오고, "몸과 마음 갈기갈기 치솟"(「포말」)는다. 숲도 다르지 않아 풀숲은 말라비틀어지고, 나비는 죽어 있다.

그래도 자연은 자연이다. 사람과 사물을 위무한다. 아무것도 하지 않고 품어주기만 하지만, 자연에 든 사람은 자신을 들여다보고, 원망을 내려놓고, 희망을 품고 돌아간다. "거머리 같은 그리움"과 "허상"마저 가져가 일어설 힘을 준다. "텅 빈 모래사장"에서 마주한 파도의 벽은 넘거나 무너뜨려야 할 장애물이 아니라 수용해서 '내 것'으로 만들어야 할 대상이다. "내 가슴" 밖에 있을 때는 벽이지만, 내 안으로 들어와 합일하는 순간 벽은 사라지고 맑은 자아만 남는다. 시인이 자연을 찾는 이유다.

스페인 마드리드 프라도미술관(「고야의 유령」), 하와이 와이키키 해변(「반얀트리」), 마카오 베네치안 호텔 카지노(「마카오 카지노」), 슬로베니아 포스토이나 동굴(「포스토이나 동굴의 눈물」) 등 국경을 벗어난 시편에서도 상처를 머금은 슬픔과 고통이 출렁인다. 눈물, 통곡, 고통, 역경, 울부짖음 같은 부정의 언어가 시를 지배하지만, 잠들지 않는 이성(「고야의 유령」)과 열려 있는 세계와 소통(「반얀트리」)하려는 의지를 잃지 않는다.

"신두리 해안사구"의 모래를 소재로 한 「개미귀신」의 연장선에 있는 「모래 속에는 내가 살고 있었다」는 호주 여행

중 "시드니 포트스테판" 모래언덕에서의 보드 경험을 다루고 있다. 신두리 해안사구에서는 "몸이 기울어지고 푹푹 발이 빠져들"고, 시드니 포트스테판에서는 "모래무덤 반대쪽으로 굴러떨어"진다. 전자에서는 "나를 끌어당기"는 듯한 공포가, 후자에서는 "한순간도 혼자가 아니라는 것을" 깨닫는다. 같은 모래 위에서의 경험이지만, 상당한 인식의 차이를 보인다. 이러한 차이는 국경을 넘은 여행에서 오는 여유, 세월의 차, 사색의 깊이 등에 의해 생겨난다.

페렉은 "모래가 손가락 사이로 빠져나가듯 사라"지는 것이 공간이라 했다. "시간은 공간을 데려가 형태를 알 수 없는 조각들만 내게 남겨놓"기 때문에 글쓰기는 "점점 깊어지는 공허로부터 몇몇 분명한 조각들을 끄집어내"는 것이라 했다. 김영화 시인이 끄집어낸 시간과 공간을 통해 "더욱 견고하게 이루어진 세계"(「포스토이나 동굴의 눈물」)를 완성해가고 있다.

비 그친 새벽 빗물이 고였다
아스팔트길 가장자리 한쪽이 움푹 내려앉은 웅덩이
고인 물에 빠진 달

구겨졌다 펴지고 길게 찢어지며 바람과 한바탕 놀다
가로수 회화나무 가지에 찔려도 금세 회복되고
제 색과 모습 잃지 않았다

떠오르는 해에 존재감마저 흐려지고

찾는 이 하나 없어도 제자리 지키고 있는

웅덩이가 품은 달

더없이 맑다

—「웅덩이 안의 월인천강지곡」 전문

표제시 「웅덩이 안의 월인천강지곡」은 "아스팔트길 가장
자리"의 "웅덩이/ 고인 물에 빠진 달"의 모습을 석가모니의
일대기를 시의 형식으로 읊은 『월인천강지곡』에 비유하고
있다. 월인천강지곡月印千江之曲은 '부처가 백억 세계에 모
습을 드러내 교화를 베푸는 것이 마치 달이 즈믄 강에 비치
는 것과 같다'는 뜻이다. "웅덩이가 품은 달"은 바람에 "구겨
졌다 퍼지고 찢어"져도 "제 색과 모습을 잃지 않"고 맑은 성
정을 드러낸다.

그런 달에서 시인은 자기 모습을 발견한다. 잘난 사람들
때문에 "존재감마저 흐려지고" 알아주는 이 없지만, "더없
이 맑"은 심성으로 내 길을 가겠다는 다짐도 잊지 않는다.
밤하늘의 달은 온 세상을 비추지만, 웅덩이 안의 달은 자신
을 지키기도 벅차다. 그럼에도 "바람과 한바탕" 노는 여유
와 회복성, 정체성을 잃지 않는다. 맑은 심성으로 자신에게
주어진 길을 가겠다는 단단한 결의가 이 시를 책의 표제로
정한 이유가 아닐까.

가슴속

이상한 저울이 하나 있다

부자보다 가난을

잔머리 굴리기보다 우직함에

무게가 올라가는

강자보다 약자를

비운 마음을 무겁게 재는

저울이 있다

　　　　　　　　　　　　　　　　—「저울의 눈금」 전문

　시인의 마음에는 "양심적 판과 비양심적 판"(이하「판게
아Pangaea)이 상존하는데, 이 두 개의 판은 "늘 투쟁하고 갈
등"한다. "심하게 부딪"힐 뿐 아니라 "폭발하여/ 수 없이 갈
라"지기도 한다. 두 마음은 원래 하나였는데, 충돌하거나
갈라져 지금은 두 개가 됐다. 두 판이 부딪힐 때마다 마음
한 귀퉁이에서 화산이나 지진이 발생한다. 내 마음에서 그
치는 것이 아니라 주변에도 지대한 영향을 준다.
　이때 필요한 것이 "이상한 저울"이다. "부자보다 가난"으
로, "잔머리"보다 "우직함"으로, "강자보다 약자"로 기운 저
울. 이상하다 했지만, 오히려 정의로운 저울 때문에 "고독
하고 힘든 길"(「비의 다비식」)을 참고 견뎠을 것이다. 몸 밖
의 비양심과 부딪히며, 부대끼며 사느라 틈이 생겼고, 그 틈
으로 촉촉한 물기가 가슴에 더 스몄을 것이다.

　봄비 멈춘 저녁나절

　서호천변 따라 걷는데

비릿한 풋내 향기 가득하다
하나둘 켜지는 가로등 불빛 아래

이별의 익숙함에 전염된 듯
반짝이며 떨어지는 벚꽃잎
무거운 몸짓 흩날리지 못하고
젖은 채 바로 하강이다

—「서호천 둑길의 이별 풍경」 부분

시인은 다시 서호천 둑길 위에 서 있다. 과거로 회귀했던
시선을 거둬 주변을 관찰한다. "저녁"과 "가로등 불빛", "떨
어지는 벚꽃잎"이 자아내는 서정적 풍경에 몰입한다. 밀려
오는 어둠과 그 어둠을 막아서는 가로등 불빛과 "바로 하강"
하는 꽃잎이 만들어내는 각은 새로운 공간을 생성한다. 그
예리하고도 내밀한 공간과 미세한 움직임에 마음을 빼앗긴
시인은 홍은동 산동네도, 부모에 대한 그리움도, 낯선 시간
을 통과한 슬픔과 고통도, 원망과 후회도 잠시 잊는다.

틈입할 수 없는 공간에 나와 사물만이 존재한다. 페렉은
"안정되고, 고정되고, 범할 수 없"는, "변함없고, 뿌리 깊은
장소"를 염원했는데, 김영화 시인에게 그런 공간이 서호천
변 아닐까. 출발점이자 원천이 될 수 있는 그런 순수원형의
공간. 과거와 현재가 소통하고, 탁 트인 세상에서 또 다른
세계와 만날 수 있는. 시간의 사색을 넘어 사색의 시간을 통
해 탄생한 '나만의 시'로 화려한 "비상을 꿈꾸"(「돌부처가 된
독수리」)는.

현대시세계 시인선 179

웅덩이 안의 월인천강지곡

지은이_ 김영화
펴낸이_ 조현석
기   획_ 김정수, 우대식
펴낸곳_ 북인
디자인_ 푸른영토

1판 1쇄_ 2025년 05월 31일
출판등록번호_ 313 - 2004 - 000111
주소_ 121 - 842 서울 마포구 서교동 460 - 34, 501호
전화_ 02 - 323 - 7767
팩스_ 02 - 323 - 7845

ISBN 979-11-6512-179-2   03810